CUENTO
DE LUZ

Este libro está dedicado
a nuestro niño interior...

La Luz de tu Corazón

© del texto: Chara M. Curtis 1989
© de las ilustraciones: Cynthia Aldrich 1989
© de esta edición Cuento de Luz SL 2011
    Calle Claveles 10 | Urb Monteclaro | Pozuelo de Alarcón |
    28223 Madrid | España | www.cuentodeluz.com

Esta traducción de "All I See Is Part of Me" se publica
de acuerdo con Illumination Arts Company Inc.
Traducción de Ana A. de Eulate
Serie: Luz

ISBN: 978-84-938240-5-1
DL: M-11312-2011
Impreso en España por Graficas Aga SL, Madrid,
España, en marzo 2011, tirada numero 67694

MIXTO
Papel procedente de
fuentes responsables
FSC® C003935

La luz de tu corazón

Chara M. Curtis

Ilustradora: Cynthia Aldrich

Soy parte de todo lo que veo

y todo lo que veo forma parte de mí.

Soy mis manos, soy mis pies.

Soy el perrito que juega también.

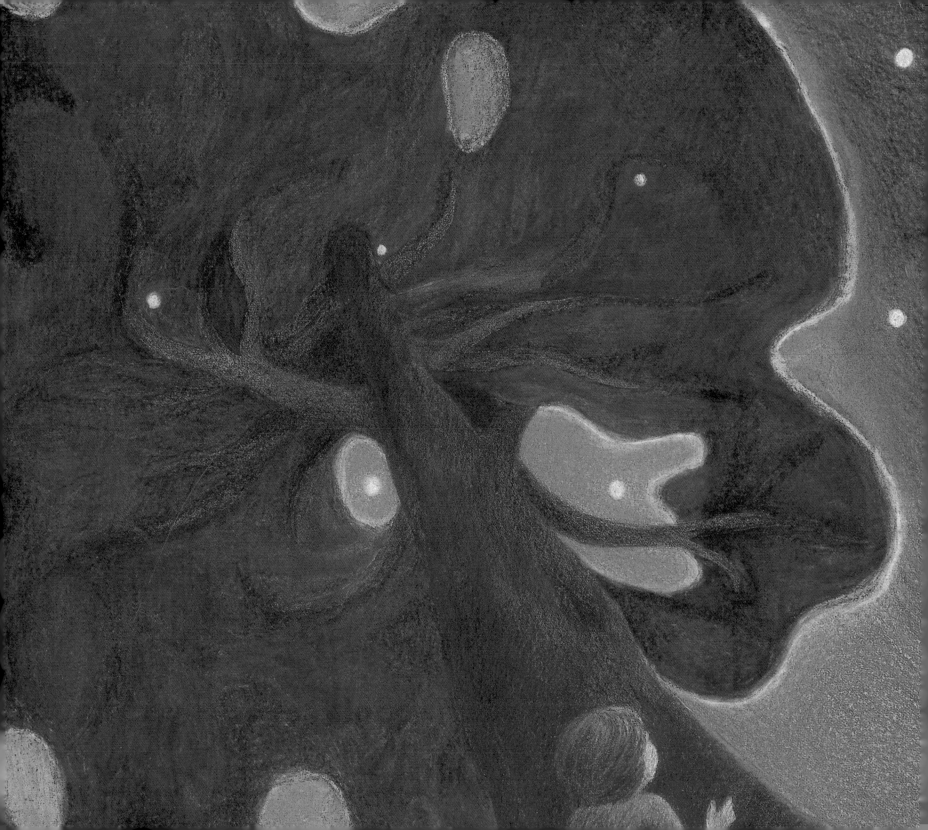

Soy la luna,

soy las estrellas

y ¡hasta soy lo que me alimenta!

Solía pensar que era muy pequeño...

Solo un cuerpo, nada más.

Pero un día le pregunté al Sol,

—¿Quién eres tú?

—Somos uno —me dijo irradiando su luz.

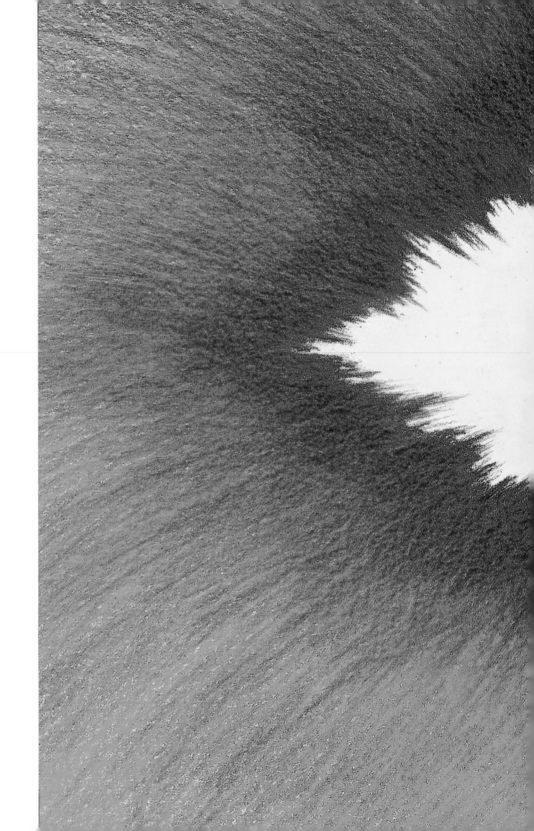

—Pero señor Sol,

¿cómo puedo ser, tú y yo a la vez?

Sonrió:

—es mejor que preguntes

a mi hermana Estrella.

También forma parte de ti, ella.

Así que esperé hasta el anochecer

y cuando la oscuridad su luz me dejó ver,

le pregunté:

—Estrella, ¿cómo puede ser

que tú y yo estemos unidas también?

Brilló con fuerza y me comentó:

—Eres más grande de lo que crees;

eres… mucho más de lo que ves.

Tienes un cuerpo, es verdad…

Pero observa en tu interior todo lo que hay más.

Cerré los ojos para ver dentro de mí.

¡Y sentí una luz! Me hizo sonreír.

Mi amiga estrella tenía razón:

"Eres esa luz.

Tu cuerpo es solo una parte

de ese resplandor que nace de tu corazón".

En todo el universo,

en todo el espacio

tu luz brilla radiante…

¡y en todas partes!

Y si unes esos puntos de luz, verás,

¡que eres tú

la imagen que obtendrás!

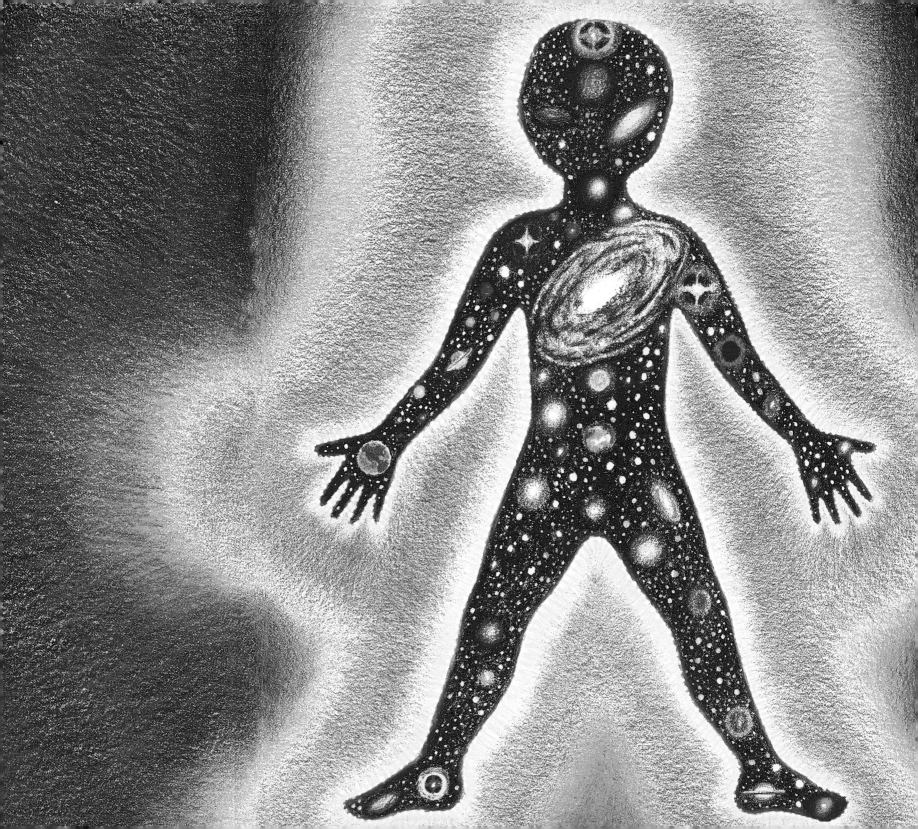

La naturaleza forma parte de tu luz

y la tuya está en ella.

Mira en el corazón de cada persona

con la que te encuentres

y verás también tu luz.

¡Todo sería tan diferente!

En tu interior, exterior,

arriba, abajo y alrededor,

observa tu luz y siente que es todo amor.

Cuando me preguntas,

también lo estás haciendo a ti a la vez.

La respuesta está dentro de ti,

¿no lo ves?

Contemplé de nuevo toda mi luz

y vi que mi amiga Estrella tenía razón.

Para cada cuestión

había una respuesta en mi interior.

Todo lo que tenía que hacer

es preguntar a mi corazón.

¿Qué ves cuando miras en tu interior?

Cuando ronronea mi gatita ¿le

¿Sun?

or qué dormimos con los ojos cerrados?
Para poder ver con mayor claridad nuestros sueños
¿Puedo deslizarme por un arco iris?
Sí, desde su parte más alta
¿En qué parte de la luna puede uno dormir?
En su lado oscuro
uce cosquillas?
Por las cosquillas ronronea
¿Pueden quemarse las ballenas al sol?
Sí, si se tumban en la playa demasiado tiempo
ando pierde una hoja?
No, se está cambiando de ropa
¿Quién vive con el señor Sol?
Todo lo que él ilumina

Y entonces me dije:

"Hay algo más…

Cada pregunta abre una puerta

y cada umbral que atravieso,

me conduce a una nueva parte de mí

que voy descubriendo."

Amiga Estrella ¡muchas gracias!

Que formes parte de mí, me encanta.

Me pregunté mientras me acostaba,

si al dormir mi cabeza también descansaba.

Y entonces una voz, que surgió de mi corazón,

me contestó con mucho amor:

incluso cuando duermes, estás despierto

en cada estrella que brilla en el firmamento.

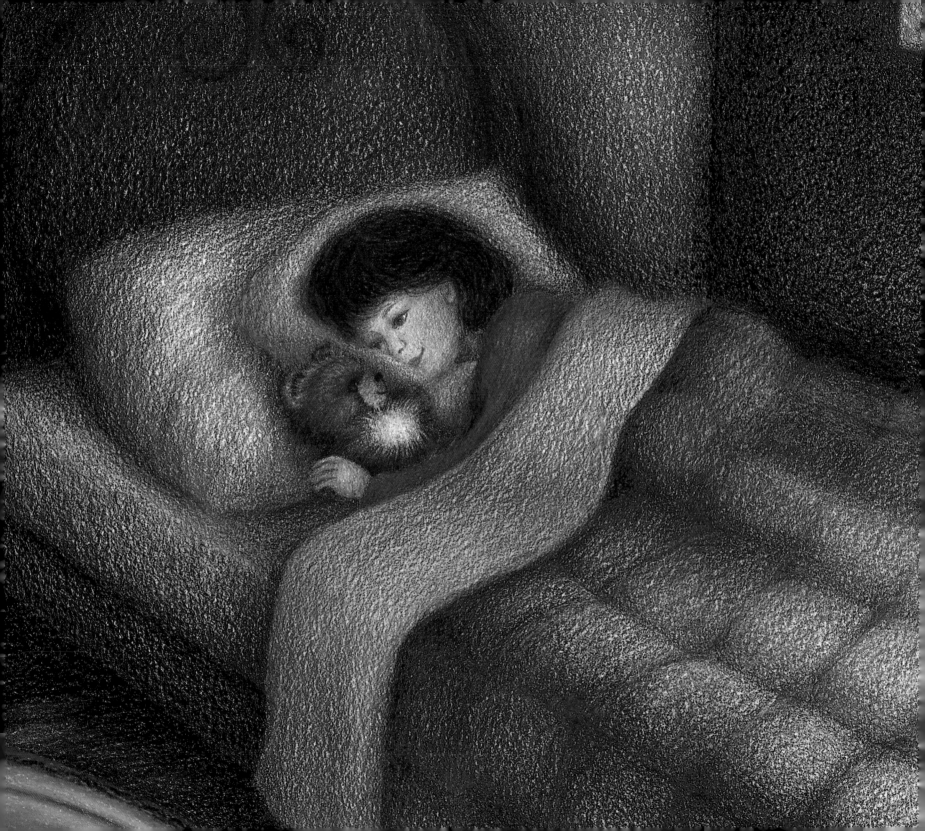

Me acurruqué junto a mi osito, feliz,

y en su luz en aquel momento me vi.

.

Tú formas parte de mí y yo de ti.

Tú me quieres… y yo también lo siento así.

Cerré los ojos y descubrí mi luz.

Junto a los rayos de la luna bailaba

en la noche clara.

Recé una oración y sé que fue escuchada,

porque con la luz del corazón fue realizada.

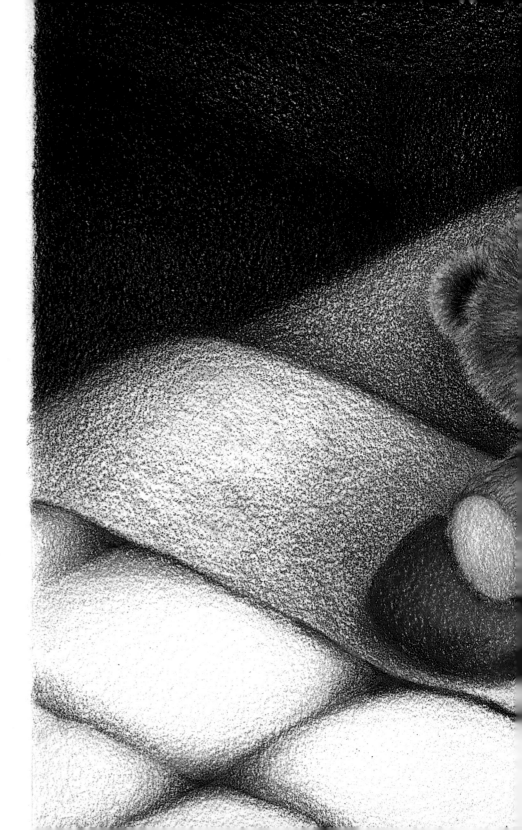

Y sentí

que todo dentro de mí...

no puede...

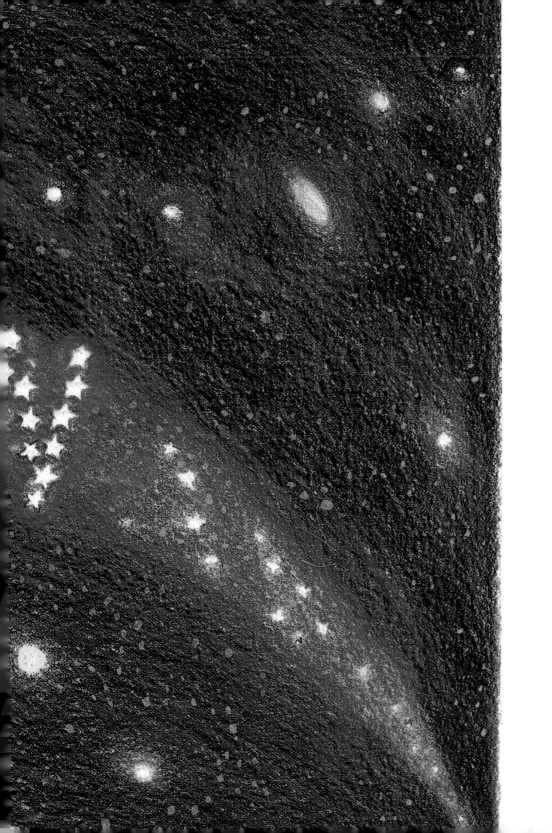

tener FIN...